# Lembranças de Esquecer

# Lembranças de Esquecer

Camilo Guimarães

Ilustrações

Moa Simplício

Copyright © Camilo Guimarães

ISBN – 85-85851-42-2

*Editor:* Plinio Martins Filho

Direitos reservados à
ATELIÊ EDITORIAL
Alameda Cassaquera, 982
09560-101 – São Caetano do Sul – SP
Telefax: (011) 4220-4896
1997

# Sumário

Apresentação . . . . . . . . . . . . . . . . . . . . . . . . . . . . . . . . 13

LEMBRANÇAS DE ESQUECER . . . . . . . . . . . . . . . . . . . . . . . 15

1. Às vezes, o passado, de repente . . . . . . . . . . . . . . . . 19
2. Era o tempo em que a vida mal sabia . . . . . . . . . . . 20
3. As ruas cochichavam seus segredos . . . . . . . . . . . . 21
4. Era a hora em que a noite convocava . . . . . . . . . . . 22
5. A infância foi o tempo de regresso . . . . . . . . . . . . . 23
6. Na algazarra de cada brincadeira . . . . . . . . . . . . . . . 24
7. A escola foi um mundo diferente . . . . . . . . . . . . . . . 25
8. As crianças deixaram seus brinquedos . . . . . . . . . . 26
9. Chegara a inesquecível mocidade . . . . . . . . . . . . . . 27
10. Divertia-se a alegre mocidade . . . . . . . . . . . . . . . . . 28
11. Quando a tarde caía no poente . . . . . . . . . . . . . . . . . 29
12. Quando a noite tomava seu assento . . . . . . . . . . . . . 30
13. Sábado, a vida se partia em riso... . . . . . . . . . . . . . . 31

14. Domingo tinha cara de preguiça . . . . . . . . . . . . . . . 32
15. Lambe-lambe deixava registrada . . . . . . . . . . . . . . 33
16. Maio encantava pelos céus mais claros . . . . . . . . . . 35
17. Junho chegava em tempos de festança . . . . . . . . . . 36
18. Chegava o fim do ano e a formatura... . . . . . . . . . . 37
19. Natal vibrava pela sua espera . . . . . . . . . . . . . . . . 38
20. No trinta e um de dezembro, o foguetório . . . . . . . . 39
21. Às vezes, ao findar-se alguma festa . . . . . . . . . . . . 40
22. Tempo em que a vida tinha essa certeza . . . . . . . . . 41
23. Expandia-se, em glória, a mocidade . . . . . . . . . . . 42
24. Algumas vezes, madrugada afora . . . . . . . . . . . . . 43
25. Era o tempo em que a vida recolhia . . . . . . . . . . . . 44
26. Um dia o acaso resolveu o ensejo . . . . . . . . . . . . . 45
27. Esse tempo de amar trouxe mudanças . . . . . . . . . . 46
28. Tempo de amar que trouxe essa ventura . . . . . . . . . 47
29. Depois aconteceram revoadas . . . . . . . . . . . . . . . . 48
30. Lembranças que ficaram vida afora . . . . . . . . . . . . 49
31. Quem ganhou teu sorriso sem malícia . . . . . . . . . . 50
32. Terra natal . . . . . . . . . . . . . . . . . . . . . . . . . . . . . . 51

Antigo Amor num Estilo muito Antigo . . . . . . . . . . . . . 53

  I. Só por querer estar no meu cuidado . . . . . . . . . . . . 57
 II. Antigo amor no estilo muito antigo . . . . . . . . . . . . 58
III. Imenso amor que vem dessa ventura . . . . . . . . . . . 59
IV. Sensível forma de vivermos, quando . . . . . . . . . . . 60
 V. Do muito perguntar, se te pergunto . . . . . . . . . . . . 61
VI. Esse jeito de ser, esse teu jeito . . . . . . . . . . . . . . . 62

|         |                                            |     |
|---------|--------------------------------------------|-----|
| VII.    | Alguma vez teu gesto foi motivo            | 63  |
| VIII.   | De tanto te buscar, como eu queria         | 64  |
| IX.     | Se me vejo de ti enamorado                 | 65  |
| X.      | Do muito que te dou a mais por dar-te      | 66  |
| XI.     | Eu vivo teu amor de tal maneira            | 67  |
| XII.    | Eu fiz do teu buscar meu pensamento        | 68  |
| XIII.   | Se houvesse uma razão, razão seria         | 69  |
| XIV.    | Toda a ternura que, em sentido, eu ponho   | 70  |
| XV.     | A vida que te quero e que me queres        | 71  |
| XVI.    | De tanto te lembrar, lembrando tanto       | 72  |
| XVII.   | Do muito te querer me acontecia            | 73  |
| XVIII.  | Quero viver-te assim a cada passo          | 74  |
| XIX.    | O que seremos nós nessa infinita           | 75  |
| XX.     | Um dia o tempo mudará seu passo            | 76  |

O Recolher dos Motivos ........................ 77

O findar dos prazos............................. 81
Por razões em que sou ......................... 82
O contraste dos conflitos ....................... 83
Resignação ..................................... 84
A última canção ................................ 85
Recado ......................................... 86
A chama ........................................ 87
Regresso-me .................................... 88
Cenários do inconsciente ....................... 89
Silêncios do querer ............................. 90
Mundo antigo ................................... 91
Carismas puros ................................. 92

Sensações . . . . . . . . . . . . . . . . . . . . . . . . . . . . . . . . 93

A cidadezinha . . . . . . . . . . . . . . . . . . . . . . . . . . . . . 94

Passo por passo . . . . . . . . . . . . . . . . . . . . . . . . . . . . 95

Saudade . . . . . . . . . . . . . . . . . . . . . . . . . . . . . . . . . . 96

Relembrança . . . . . . . . . . . . . . . . . . . . . . . . . . . . . . 97

Haverá . . . . . . . . . . . . . . . . . . . . . . . . . . . . . . . . . . . 98

Revivências . . . . . . . . . . . . . . . . . . . . . . . . . . . . . . . 99

Ser no exílio do sonho . . . . . . . . . . . . . . . . . . . . . . 100

Nos acasos do tempo . . . . . . . . . . . . . . . . . . . . . . . 101

Sob a luz da candeia . . . . . . . . . . . . . . . . . . . . . . . 102

A insônia do porto . . . . . . . . . . . . . . . . . . . . . . . . 103

Motivos por viver . . . . . . . . . . . . . . . . . . . . . . . . . 104

Vivências d'alma . . . . . . . . . . . . . . . . . . . . . . . . . 105

Chegar de solidões . . . . . . . . . . . . . . . . . . . . . . . . 106

Soneto da inquietude . . . . . . . . . . . . . . . . . . . . . . 107

Motivo de natal . . . . . . . . . . . . . . . . . . . . . . . . . . 108

O solitário encanto . . . . . . . . . . . . . . . . . . . . . . . . 109

Doer . . . . . . . . . . . . . . . . . . . . . . . . . . . . . . . . . . . 110

O ELABORADO ARTIFÍCIO . . . . . . . . . . . . . . . . . . . . 111

Das coisas razoáveis . . . . . . . . . . . . . . . . . . . . . . . 115

O recolher dos motivos . . . . . . . . . . . . . . . . . . . . . 117

A mansarda . . . . . . . . . . . . . . . . . . . . . . . . . . . . . 119

Dos acasos . . . . . . . . . . . . . . . . . . . . . . . . . . . . . . 121

Relutâncias . . . . . . . . . . . . . . . . . . . . . . . . . . . . . 123

Da desmedida hora . . . . . . . . . . . . . . . . . . . . . . . . 125

A música íntima . . . . . . . . . . . . . . . . . . . . . . . . . . 127

Desencantos . . . . . . . . . . . . . . . . . . . . . . . . . . . . . 129

A orgia dos cataventos . . . . . . . . . . . . . . . . . . . . . . . . . 131
O ser na noite acolhida . . . . . . . . . . . . . . . . . . . . . . . 133
Questões íntimas . . . . . . . . . . . . . . . . . . . . . . . . . . . . . 135
As chegadas aparentes . . . . . . . . . . . . . . . . . . . . . . . 137
Expositiva alternância . . . . . . . . . . . . . . . . . . . . . . . . 139
Sou... . . . . . . . . . . . . . . . . . . . . . . . . . . . . . . . . . . . . . 141

O POETA NA MADRUGADA BOÊMIA . . . . . . . . . . . . . . . . 143

1. Ruas esparsas de esperanças mortas . . . . . . . . . . . . 145
2. Ruas que me desenham seus espaços . . . . . . . . . . . 146
3. Noites dos meus motivos solitários . . . . . . . . . . . . 147
4. A noite, no mistério das procuras . . . . . . . . . . . . . 148
5. A noite procurava nos meus passos . . . . . . . . . . . . 149
6. Andava nos seus passos de alvorada . . . . . . . . . . . 150
7. Placidez das vielas solitárias . . . . . . . . . . . . . . . . . 151
8. À noite, me tornava em peregrino . . . . . . . . . . . . . 152

DOIS POEMAS ROMÂNTICOS DA DÉCADA DE 70 . . . . . . . . 153

Morena cor da saudade . . . . . . . . . . . . . . . . . . . . . . . . 155
Se eu soubesse, assim mesmo... . . . . . . . . . . . . . . . . . 161

# APRESENTAÇÃO

Este livro destina-se a um tipo muito especial de leitor, aquele que ama a poesia em suas raízes sentimentais, sem preocupação com modismos ou afetação. Ninguém escreve para todos. Por isso, Camilo Guimarães escolheu uma poesia adequada a seu público, um público sensível e inteligente, mas que não quer saber de poesia para especialistas. Esse público acredita numa comunicação sincera e direta, sem muita mediação literária. Nessa perspectiva, Camilo Guimarães é um ótimo poeta, razão pela qual é tão estimado de seus leitores, sempre fiéis à inspiração e à boa poesia tradicional.

*Lembranças de Esquecer* praticamente não adota o verso livre e muito menos a visualidade concretista. Prefere a expressão rimada e metrificada, que não afasta o autor do século XX. Pelo contrário, vincula-o a uma tradição forte de busca da poesia perene no Modernismo brasileiro, cujo maior representante é Guilherme de Almeida, que ecoa sensivelmente nas páginas deste volume, composto de vários núcleos temáticos e muita unidade formal. Entre nós, a recente poesia baseia-se na retomada da tradição modernista. A maioria dos poetas filia-se ao coloquialismo irônico de Drummond ou à fragmentação das vanguardas dos anos 50. Camilo Guimarães adota o soneto sentimental, numa operação que o singulariza pela crença na hipótese de mesclar ingenuidade e inspiração.

O público de Camilo Guimarães, que não é pequeno, compõe-se de pessoas que amam esse tipo de literatura, pois entendem a arte como algo que lhes possibilite um reencontro consigo mesmos. Cansados da correria dos grandes centros e da indiferença das relações no trabalho, essas pessoas entendem a poesia como o espaço da sinceridade e da palavra reconfortante. Nesse sentido, os poemas contidos em *Lembranças de Esquecer* não desapontarão os leitores, sempre atentos à facilidade com que escreve Camilo Guimarães, cujos versos são tão fluentes quanto sua presença amiga, cheia de saber prático e entusiasmo pela vida.

Ivan Teixeira

# Lembranças de Esquecer

OS PASSOS EMOCIONAM O CAMINHO,
A CIDADEZINHA VAI FICANDO AO
LONGE...

LEMBRANÇAS, CIRANDAS, AMIZADES...
PULSAM, AGORA, OS NOVOS MARCOS
DA EXISTÊNCIA.

A VIAGEM É O ARTIFÍCIO DA ILUSÃO;
O FUTURO É O ARQUITETO DO IDEAL;
A JORNADA É O ASSOBIO DE UMA
SERESTA; A SAUDADE É O CARTÃO-
POSTAL RECOLHIDO, ÀS PRESSAS;
A VIDA... ORA, A VIDA É O TEMPO
SEM PERGUNTAS.

# 1

Às vezes, o passado, de repente,
Brincando de lembrar pega de jeito,
Um trecho que fugiu de antigamente,
A fim de se abrigar em nosso peito.

Com as lembranças todas de que é feito,
Vem machucar o coração da gente
Um tempo, em que se ria satisfeito,
Numa cidade que se fez ausente.

A distância tornou-a comovida,
Foi o primeiro adeus da minha vida,
A primeira noção do que é perder.

Era pequena e meiga essa cidade,
Que bem valeu por ela ter saudade,
E viver das lembranças de esquecer!

## 2

Era o tempo em que a vida mal sabia
Desmotivar as pressas do caminho,
E o mundo vagabundo era sozinho
Na cidade, em que o povo acontecia.

A criança complicava o passarinho,
Que na folhagem verde se escondia,
E o pomar enfrentava a valentia
Do apetite dos muros do vizinho.

Brinquedos desmontavam as varandas
E, nas portas das casas, as cirandas
Teimavam no "anel que se quebrou".

Os ouvidos calavam novidades
E as fadas eram bruxas de saudades,
Que a inocência iludida acalentou.

3

As ruas cochichavam seus segredos
Na trama das janelas indiscretas,
E o disque-disque, em formas indiretas,
Atava a vida alheia a seus enredos.

As horas bocejavam circunspectas,
À sombra singular dos arvoredos,
Em que os pássaros tinham seus folguedos,
Nos dias longos pelas tardes quietas.

Ruas da ingenuidade da distância,
Das vozes, nos quintais, vindas da infância,
Das esquinas dos sonhos esquecidos.

À noite, dava gosto percorrê-las,
Luar aberto e o jogo das estrelas
E a memória dos fatos recolhidos.

# 4

Era a hora em que a noite convocava
O mistério de todos os segredos,
E a criança, ganhando sonhos ledos,
Nos seus livros de contos ingressava.

Vivia o sortilégio dos enredos,
Com fadas e duendes conversava,
E a magia dos sonhos se encantava
Com a fuga dos fantasmas e dos medos.

A inocência ilustrava a fantasia
Da realidade e, assim, lhe permitia
Que vivesse geniais transformações

A madrugada vinha com demora,
Porque o bicho-papão sabia a hora
Do acordar desse mundo de ilusão.

# 5

A infância foi o tempo de regresso
Ao convívio das formas sem mistério,
Cada briga era sempre um caso sério,
Que os grandes resolviam com sucesso.

Fazíamos traquinagens sem critério,
Cair e não chorar era um progresso,
Como entrar no cinema sem ingresso,
Construir nas calçadas nosso império.

Cismava-nos a vida nos destinos:
Que seriam, mais tarde, esses meninos
Difíceis de entender tanta verdade?

E o mundo nos sonhava sabiamente:
Um dia brincaríamos de ser gente
E de pega com a dura realidade.

## 6

Na algazarra de cada brincadeira,
Assim ia vivendo a criançada:
A pipa no alto, toda alviçareira,
Bate-pique, bem rápido, e a queimada.

O pião zumbia em fuga da fieira,
Iam barcos de papel pela enxurrada,
A bolinha de gude ia certeira
Ser campeã numa única parada.

Na rua ou no quintal de uma vizinha,
Jogava-se, vibrando, a amarelinha,
Ou o passa-anel nas mãos mal comprimidas.

Futebol tinha até bola-de-meia,
Às vezes, acabava em briga feia
A mais simples de todas as partidas.

# 7

A escola foi um mundo diferente,
Era toda de encantos retocada,
Sorrisos respondiam a chamada,
Só a tristeza se encontrava ausente.

Somávamos a vida em taboada
Com sonhos conjugados no presente,
O tempo do passado era somente
A lição que seria decorada.

O saber sempre vinha sem rodeio...
Descobríamos, na hora do recreio,
Que a amizade vencia a discordância.

A vida tinha tal encantamento,
Que o coração guardava em sentimento
Os futuros retratos dessa infância.

## 8

As crianças deixaram seus brinquedos,
As cirandas e os jogos das calçadas,
Acabaram-se os sustos, mais os medos,
E o motivo inocente das risadas.

A vida organizou novos enredos,
No enlevo das canções apaixonadas
E os corações, velando seus segredos,
Sonhavam as primeiras namoradas.

Aconteceram as primeiras danças,
Os horários quebrados nas tardanças
Por motivos reais do coração.

Eram outros os sonhos dos meninos,
Novos rumos tomavam seus destinos,
Iniciava-se a idade da razão.

# 9

Chegara a inesquecível mocidade,
Cheia de tanto ardor e fantasia,
Vivia-se o prazer de cada dia
Em cada fato novo da cidade.

A vida alheia histórias padecia,
Comentadas com tal cumplicidade,
Que a mentira passava a ser verdade,
Aumentada por quem a repetia.

A praça cochichava seus boatos,
Carteava-se no clube e os desacatos
Se explicavam no largo da matriz.

Alguns aniversários com ceatas
E amores contratavam suas datas
E a cidade pequena era feliz.

## 10

Divertia-se a alegre mocidade,
Desrotulando os filmes do cinema.
Fazer uma algazarra era o dilema,
Com medo de saber toda a cidade.

Escrever para a amada algum poema
Não seria nenhuma novidade,
O mundo era uma outra realidade,
"Lutar todos por um" – este era o lema.

As coisas eram feitas de improviso,
O boêmio era um moço sem juízo,
Falavam os sisudos do local.

Nossa turma, chegando fevereiro,
Formava um bloco que ia, zombeteiro,
Arrasar, noutra terra, o carnaval.

## 11

Quando a tarde caía no poente
E o povo seus cansaços recolhia,
A natureza em cromos de harmonia
Envolvia de amor aquela gente.

Em cada coração se repetia
A vontade de nunca estar ausente
Da terra, que se amava ternamente,
Que abençoava o viver de cada dia.

Umas vezes, em prantos de olhos rasos,
Vi pessoas olhando esses ocasos,
Coração apertado, orando a Deus.

Vinha a noite abrigar-se nos caminhos,
Vinha o silêncio adormecer os ninhos
E a saudade encontrar-se com o adeus.

## 12

Quando a noite tomava seu assento
Nos bancos do jardim, gente diversa
Fazia o seu diário entendimento,
Entabulando habitual conversa.

Comentavam-se briga e casamento,
Desafetos e amores, vice-e-versa,
E a notícia fazia o movimento
Da sociedade por ali dispersa.

Os bares disputavam as demoras
Dos boêmios, petiscando suas horas,
Ao encontro das idéias, nas bebidas.

As casas bocejavam quietude,
Dormir sempre mais cedo era virtude
E o prazer tinha datas preferidas.

## 13

Sábado, a vida se partia em riso...
O comércio ficava todo aberto
Para atender, de modo mais preciso,
O simples pessoal de ali por perto.

Era como se o mundo, sem aviso,
Fizesse as coisas darem tudo certo,
O "fiado" não era prejuízo,
Dava-se um jeito, até no mais esperto.

Toda a cidade se aprazia em festa,
Desde a pessoa rica à mais modesta:
Uma corrente humana de prazer,

As ruas, na efusão da mesma andança,
Bisbilhotava a vida a vizinhança,
Brincadeiras faziam-se a valer.

## 14

Domingo tinha cara de preguiça,
O povo dava à roupa aquele trato,
O sino repicava para a missa,
À saída da igreja era "um barato".

Vestido novo olhado com cobiça,
Encontros, alvoroço e aquele fato
Que o diz-que-diz-que, apimentando, atiça;
À tarde, o futebol do campenato.

Algum parente, longe, de visita,
Sempre achando a cidade mais bonita,
Numa conversa que não tinha fim.

À noite, andava o povo pela praça,
Em voltas, a cruzar-se, a ouvir de graça,
A banda no coreto do jardim.

## 15

Lambe-lambe deixava registrada
A pose das pessoas nos retratos;
A jardineira vinha carregada
De capiaus e figurões cordatos.

O verdureiro, numa voz largada,
Sempre vendia os ovos mais baratos,
E os galos, ao chegar a madrugada,
Complicavam os sonos mais pacatos.

As festas religiosas com novena
Tinham quermesses, prendas, paga a pena,
Participava todo o pessoal.

Sábado de aleluia era a seu jeito,
O Judas tinha a cara do prefeito,
E a Páscoa era um domingo original.

## 16

Maio encantava pelos céus mais claros,
Todo o infinito de um azul mais vivo
Trazia à terra emocionais reparos,
Tornando o povo alegre e evocativo.

A cidade a expressar momentos raros,
Com flores dando à vida outro motivo,
E o coração a ter sonhos mais caros,
Por causa de um querer mais prestativo.

Noites mais frias a expargir, em graça,
O povo pelas ruas, pela praça,
No seu jeito brejeiro e singular.

Na matriz, cantos e orações singelas,
E a procissão de flores e de velas,
E a Virgem, venerada, em seu altar.

## 17

Junho chegava em tempos de festança,
Risos marcando as nossas emoções,
A gente se tornava mais criança,
Vendo a noite encantada de balões.

Havia sempre aquela antiga dança
Da quadrilha, marcada nos salões,
Fogueiras, quase, em toda a vizinhança,
Com batatas, pipocas e rojões.

O mastro no alto, as sortes e o pedido
De amor eterno ou, então, de algum marido
À solteirona triste, sem ninguém.

Noite de São João, com seus bruxedos,
Que fez de tantos sonhos os enredos
E que fez tanto olhar cismar alguém.

## 18

Chegava o fim do ano e a formatura...
O colégio era assunto na cidade,
Imperava a maior felicidade
Aos que as provas venciam com bravura.

Exames mais difíceis... quem não há de
Saber tudo naquela conjuntura?
Estudar nunca fora uma aventura,
Mas a razão da nossa mocidade.

Depois o baile e a inesquecível dança,
E a emoção não traindo a confiança
Do fascínio da valsa especial,

E a magia da festa alçando os pares,
Na sensação dos casos singulares,
Bordando a vida num cartão-postal.

## 19

Natal vibrava pela sua espera,
No anseio fraternal do envolvimento,
Ganhava a vida um outro encantamento
Pelas coisas que a data nos pondera.

Tinha a cidade um outro movimento,
E os cumprimentos de emoção sincera
Davam a todos a expressão que gera
A pureza cristã do sentimento.

Várias casas com seu presépio pronto.
Missa-do-galo, meia-noite em ponto,
E o povo atento orando na matriz.

A familia, na ceia, reunida,
Os presentes e a árvore florida
E a ilusão de que se era mais feliz.

## 20

No trinta e um de dezembro, o foguetório,
À meia-noite, arrebentando em festa
O povo, num fremir aleatório,
Que tanta coisa nova à vida empresta.

A banda, em seu antigo repertório,
Comemorava essa união que atesta
O ano novo, tão mágico e ilusório,
A que a alma bons augúrios manifesta.

No clube dança e abraços e champanha
E o delírio de tudo que acompanha
Todo o prazer que a vida nos prediz.

Depois eram confete e serpentina,
E o salão, que a ansiedade contamina,
Vibrava em carnaval e era feliz.

## 21

Às vezes, ao findar-se alguma festa,
Todos juntos, a rir, num mesmo bando,
Íamos, pelas ruas, conversando,
Nessa harmonia que a amizade atesta.

Outras vezes, ficávamos lembrando
Fatos havidos, coisa manifesta,
Histórias, que a razão, sem crer, contesta,
Que a novidade foi elaborando.

Vezes outras, varando noite em fora,
Curiosos esperávamos a aurora
Madrugar-nos a vida, em alvoroço.

O mundo para nós, apenas, era
Um sorriso encantando a primavera
Desses anos de amar, quando se é moço.

## 22

Tempo em que a vida tinha essa certeza
De que a nossa mais bela fantasia
Era o beijo de amor que se queria,
Era a mulher que entre emoções se preza.

Era a tarde caindo ao fim do dia.
E o céu, pulsando uma eternal beleza,
Dava arrebóis de graça à natureza,
Colorindo a cidade... e anoitecia.

Andávamos felizes, pela praça,
Confiando no tempo que não passa,
Nessas conversas vivas de prazer.

Vibrava o coração deslumbramento,
Quando surgia alguém, por um momento,
Encantando a vontade de viver!

## 23

Expandia-se, em glória, a mocidade,
Na mais alegre e ardente companhia,
O prazer de viver que se queria
Completava a expressão da nossa idade.

Cada instante tecia de alegria
Toda a ilusão que o coração invade,
Não se sabia, ainda, que a saudade,
Com o passar dos anos, nos viria.

Era o mundo vibrando a cada passo...
Os cumprimentos fraternais e o abraço
Firmavam as razões de se querer

A vida desfrutada, hora por hora,
No encanto da emoção de quem adora
Ter, na amizade, o encanto de viver.

## 24

Algumas vezes, madrugada afora,
A serenata pontilhava a vida,
Sonhávamos com a outra alma querida,
Encanto do viver a quem se adora.

Levávamos a noite de investida,
Vibrando essas canções que o amar decora,
E o romantismo nos perdia a hora
Da boêmia emoção da despedida.

Nosso mundo tornava-se risonho,
Era a vida levada pelo sonho,
Mal percebendo o encanto da ilusão.

Formávamos, assim, nosso universo,
Compondo uma existência em cada verso,
Compondo nosso amor numa canção.

## 25

Era o tempo em que a vida recolhia
O riso feito amor no pensamento
E da boca nascia o juramento
Que o enamorado coração fazia.

A vontade de amar se comprazia
Em demorar as horas num momento,
E os lábios planejavam o tormento,
Para o beijo que não acontecia.

O encontro tropeçava na ansiedade,
Quando se achava alguém pela cidade,
Que endividava a alma de ilusão...

E era doce sentir, devagarinho,
O amor fingindo a graça de um carinho,
Conquistando, de vez, o coração.

## 26

Um dia o acaso resolveu o ensejo
De guardar para sempre inesquecida,
Em recompensa do primeiro beijo,
Uma saudade para toda a vida.

Fora mais forte o sonho que o desejo,
Ao tornar a ilusão comprometida
À sorte, extraída ao som do realejo,
Dizendo: "amor eterno... sem partida".

Os lábios resolveram, sem queixumes,
Esse anseio de amar e ter ciúmes,
Vivendo os sortilégios da paixão,

Que escreveu no caderno de estudante
Um nome, que depois ficou distante,
Mas nunca se apagou do coração.

## 27

Esse tempo de amar trouxe mudanças,
Os dias tinham datas esperadas,
Quando íamos falar às namoradas
E trocar entre nós as esperanças.

Os passos revezavam as calçadas,
Ritmando o cochichar das vizinhanças,
Os corações sofriam as tardanças
Das cartas com respostas demoradas.

Tempo de dar e receber ternura,
Que um instante de amar vale o que dura
Um sorriso ou um beijo de mulher.

Ver alguém se envolver em nossos braços,
Esquecer a volúpia dos cansaços,
Sofrer uma paixão quanto puder.

## 28

Tempo de amar que trouxe essa ventura
Da lágrima colhida por um beijo,
Da promessa nascida de um desejo,
Do reencontro de alguém que se procura,

Da carta misteriosa, cujo ensejo
Era ouvir outra vez a mesma jura,
Sabendo que o ciúme, às vezes, cura
Mal-entendidos feitos por gracejo;

Da palavra que furta num sorriso
Segredos de um querer ainda indeciso,
Que disfarçava o amor numa emoção;

Do anseio de que nunca se acabasse
Aquele tempo e assim se eternizasse
Aquele nosso mundo de ilusão.

## 29

Depois aconteceram revoadas
E alguns partiram para bem distante,
Levando, na alma, o sonho de estudante:
Formar-se para novas caminhadas.

Em dezembro, era a volta radiante,
Ao chegarem as férias projetadas:
Encontros, relembranças, patacoadas,
Até a terra mudava seu semblante.

Vivia-se a emoção das novas fases,
Nas conversas as moças e os rapazes
Traçavam o porvir do seu viver.

O tempo foi passando e, de repente,
Alguns nem vinham mais anualmente,
Viviam das lembranças de esquecer.

## 30

Lembranças que ficaram vida afora,
Marcando os anos na emoção dos fatos,
No sorriso furtivo dos retratos,
Na ilusão de voltar a ter-se outrora,

Na difícil vivência dos contatos,
Num reencontro em que pouco se demora,
Numa carta que chega e rememora
Os momentos distantes, mas exatos,

Numa pessoa estranha, parecida,
Numa canção bem íntima, esquecida,
Num olhar que nos fita, sem querer.

Lembranças que gravaram tantos sonhos
Dos dias mais felizes e risonhos,
Que o tempo nunca pôde devolver.

# 31

*(alguém de lá que eu nunca mais vi)*

Quem ganhou teu sorriso sem malícia,
E o teu corpo de amor sem novidade?
Quem fez sonhar a tua mocidade
E fez do teu romance uma notícia?

Quem te contou que o amor era verdade
E, na paixão, sonhou-te uma carícia,
A quem do teu pudor deste a primícia,
Desencantando a flor da tua idade?

Quem te falou o verso que eu diria,
E em teu diário escreveste o nome e o dia
De quem jurou amar-te eternamente?

Às vezes, sem querer, ouço teus passos,
Que vontade apertar-te nos meus braços,
Porém, já não é mais antigamente.

## 32

TERRA NATAL

Você fez de uma forma inconsciente
Sua lembrança ser minha poesia,
Trouxe o passado para o meu presente
Daquele mesmo jeito que eu queria:

Tão simples, como a alma de sua gente,
Tão puro, como céu que a amanhecia,
Fez tão humano seu antigamente,
Saudoso como a tarde de seu dia.

Eu percorri, em sonhos, cada canto,
Cada trecho vivido e lembrei tanto
A infância pura e a alegre mocidade.

Suas ruas caminharam nos meus passos,
Suas lembranças tomaram-me nos braços
E você me abraçou feito saudade!

# Antigo Amor num Estilo Muito Antigo

Os amores eternos em estilo muito antigo...

O remanso dos sonhos nos corações apaixonados...

A ternura de se amar no encanto de viver...

As perguntas da vida nos caminhos sem tempo...

A ansiedade dos afetos na eternidade dos compromissos...

O segredo da saudade no silêncio das recordações...

# I

Só por querer estar no meu cuidado,
Quis conservar, no tempo decorrido,
O nome carinhoso que foi dado
A um amor, em saudades, recolhido.

Guardara, com desvelo dedicado,
Toda a ventura do que tinha sido
A mais bela lembrança do passado,
A vivência de um tempo inesquecido

E, por mais afeições que ainda alcance,
Nenhuma superou esse romance,
Pois, nunca foi uma afeição qualquer.

Teve o encanto de alguém que se procura,
Foi mais sonho de amor que criatura,
Foi o amor feito um sonho de mulher.

## II

Antigo amor no estilo muito antigo,
Que no encanto de amar se fez rogado,
Fez da ternura o meu viver contigo,
Contigo o teu viver no meu cuidado.

Amor que foi, no tempo, eterno abrigo
Para um todo viver apaixonado:
Um passado de sonhos só comigo,
De sonhos, só contigo, esse passado.

Todo esse enlevo conservou, ainda,
Tua alma-encanto que se fez mais linda,
No terno encanto que fez meu querer

E, no buscar de um mundo mais risonho,
Tua vivência transformou-se em sonho
E, em sonho, transformou o meu viver.

## III

Imenso amor que vem dessa ventura
De achar, no teu sentir, meu complemento,
Que encanta o meu viver nessa procura
De, em teu viver, me achar em pensamento.

O teu modo de amar tem tal ternura
Que enternece o te ver, cada momento,
Pensar que não te sinto criatura,
Mas sonho no meu próprio encantamento.

Mudo-me em ti e em mim estás mudada,
E a forma que te vem de ser amada
É a mesma forma de um amor sincero.

Vivendo, a cada dia, mais contigo,
Desta forma, também vives comigo,
Pois sei que, a cada dia, mais te quero.

# IV

Sensível forma de vivermos, quando
Voltas teus olhos para os meus somente,
E a minha vida em tua vida sente
Toda a ternura de um querer-se amando.

Doce carinho de se ter presente
O terno afago de um sorriso brando,
E, no sorriso, o coração falando
Juras de amor numa promessa ardente.

A vida assim se faz num só caminho,
Nunca estás só e nunca estou sozinho,
Sempre estarás comigo aonde eu for.

Sinto-te minha quanto mais te vejo,
E me sentes mais teu, no teu desejo,
Ao desejarmos sempre o mesmo amor.

# V

Do muito perguntar, se te pergunto
O que me leva a muito te querer,
Será que é essa vivência de estar junto
De quem junto de mim quer seu viver?

Do pouco me entender nesse conjunto
De formas que se entende por saber
Que o amor, em seu contraste, é sempre assunto
Que, às vezes, não se pode compreender.

Do muito me envolver em sentimento,
No teu sentir, e que me torna atento
À mais sensível forma de se amar,

Faz-me saber que é o modo mais sincero
Em te querer, assim como te quero,
E em te querendo sempre te encontrar.

## VI

Esse jeito de ser, esse teu jeito,
Carinhoso sentir do meu carinho,
Tem todo o encanto de um viver perfeito,
Que fez o caminhar de um só caminho.

Esse teu riso que a sorrir aceito,
Que tantas sensasões nele adivinho,
Tem a pureza de um amor sujeito
Ao puro amor de um coração sozinho.

Tua beleza, que ao meu ser inquieta,
Faz-me viver a sensação repleta
De tanta graça e de cuidado tanto,

Que o teu sentir em meu viver componho,
E o meu canto se inspira no teu sonho
E inspiras o teu sonho no meu canto.

# VII

Alguma vez teu gesto foi motivo
Para pensar em ti com mais cuidado:
Ciúme que se fez, em mim, cativo;
Ciúme que se fez, em ti, rogado.

Um teu olhar, quando se torna esquivo,
Notas, então, que o meu fica magoado,
Por isso teu olhar, quando expansivo,
Traz-me ciúme, acaso, exagerado.

Teu gesto, teu olhar, podes dizê-los,
Despertam sempre em mim sensíveis zelos.
Como zelas meu modo de te ver.

Sou teu motivo para ser somente
Uma razão, que em ti viva presente
Na razão do teu modo de viver.

# VIII

De tanto te buscar, como eu queria,
De tanto te encontrar na tua espera,
Fiz do querer-te a minha fantasia
No teu querer que em busca me fizera.

De tanto te viver, dia após dia.
De tanto te sonhar de alma sincera,
Fiz da vida esse sonho que seria
Somente amor e nunca uma quimera.

Se te amando, umas vezes, não te disse
Que era mais doce ter tua meiguice,
Que o encanto de viver tua paixão,

Foi porque compreendi que era preciso
Fazer da tua vida meu sorriso
E, em teu amor, sorrir meu coração.

## IX

Se me vejo de ti enamorado,
No teu viver me sinto compreendido,
E a fortuna que a vida me tem sido
É a vida que a fortuna me tem dado.

Se me vejo em teu sonho renascido,
O teu amor renasce em mim, sonhado,
E, nesse amor, o tempo há demorado
A demora que o amor tem pretendido.

Se busco em tua vida o que mais quero,
Encontro o teu amor, o mais sincero,
Que o meu também contém sinceridade.

Assim o teu viver na minha vida,
Terá do amor a forma pretendida
De sabermos amar-nos de verdade.

## X

Do muito que te dou a mais por dar-te,
Busco encontrar em mim sincero jeito,
Assim contigo meu amor reparte
O que guardo comigo, no meu peito.

Se inspiras meu valor, vales minha arte,
Que ao teu sentido de viver sujeito;
Verso teus olhos com o olhar que parte
Do teu sentido amor ao amor perfeito.

Pertences a um querer sempre mais denso
E a esse denso querer também pertenço,
Pois amamos a vida em densidade.

Se o muito que te dou, sendo poeta,
Sendo mulher o que me dás completa
O encanto que nos traz felicidade.

# XI

Eu vivo teu amor de tal maneira,
Que sinto o teu viver em mim presente,
E esta forma de amar-te, verdadeira,
Não quer que o meu amor de ti se ausente.

Vives o meu querer de forma inteira,
Que o meu viver se torna teu somente,
E, em minha vida, por mais que te queira,
Desejas meu viver constantemente.

A ilusão de sonhar não nos ilude
A razão que conserva esta virtude
De aprendermos da vida este segredo:

Toda a experiência do viver se guarde,
Que ao cedo de se amar – o amor não é tarde –
E ao de se amar mais tarde – o amor é cedo –.

## XII

Eu fiz do teu buscar meu pensamento,
Na busca de uma vida em te querer,
E o muito que te quero, num momento,
É pouco quanto ao tempo de viver.

Eu fiz da tua ausência meu tormento
E, estando ausente, pude compreender
Que é muito mais que o próprio encantamento,
Muito mais que meu próprio merecer.

Compreendi que por amar-te tanto,
Minha existência ganhou teu encanto,
Do teu encanto fiz minha ilusão

E, no doce sorrir da tua vida,
Minha alma em teu amor ficou perdida,
Perdido, em meu amor, teu coração.

# XIII

Se houvesse uma razão, razão seria
Do nosso entendimento por querer
Um sonho feito vida em harmonia,
Harmonizando o sonho de viver.

Se houvesse um só buscar, buscar-se-ia
A forma de se amar, por se entender
Que o amor em nosso encanto se faria,
No encantado momento de se ter.

Seria o nosso mundo mais risonho,
Mais pureza haveria em nosso sonho,
Mais carinho teria o nosso pranto,

Se uma verdade, apenas, confirmasse
Que a eternidade para nós ficasse
Do eterno amor de ter-se amado tanto.

# XIV

Toda a ternura que, em sentido, eu ponho
No teu modo de ser, que me há enlevado,
Renasce em sonhos, se me faço amado,
E renasces amada no meu sonho.

Toda a beleza que em ti hei buscado,
Na expressão do teu ser meigo e risonho,
Encontra, em meu sentir, a alma que eu sonho,
Cuja alma o meu sentir tem procurado.

Toda a delícia que o teu corpo sente,
Quando te afago e beijo docemente,
Dá-me a noção sensível de entender

Que ao viveres, em teu amor, comigo,
O meu amor, em teu viver, consigo
Fazê-lo ser em mim o que é em teu ser.

# XV

A vida que te quero e que me queres
Para o carinho de viver-te tanto,
É que mais posso ter-te em teu encanto,
No mais que, ao me encantares, tu puderes.

Nessa pureza tua em que me encanto,
Em tudo o que te digo e me disseres,
Tornas-te a mais sublime das mulheres
E, enlevada, seduzes-me em teu canto.

Sonhando-me completas tua vida
E, em te sonhando, vivo-te querida,
Num todo que se faz de um só querer.

Desejando-te mais do que te quero,
Ao me sentires num amor sincero,
Fazemos deste amor um só viver.

# XVI

De tanto te lembrar, lembrando tanto,
Aceitas partilhar o que eu aceito:
A ternura expansiva do meu jeito,
O enlevado perfil do teu encanto.

Quantas saudades colhes em teu peito,
Saudades tuas também colho, enquanto
A minha ausência não te ausenta o pranto,
Quanto a tua me deixa insatisfeito.

Nessas vivências de ternuras feitas,
O meu amor em teu amor aceitas,
Por me quereres, eu te quero bem.

Assim vamos traçando nossas vidas,
Fazendo de emoções as nossas idas,
De saudades, amores que se têm.

# XVII

Do muito te querer me acontecia
Descuidar-me de mim por teus cuidados,
Estava em mim viver tua alegria
Que me alegrar nos teus sorrisos dados.

Por desejar-te muito sucedia
Que teus desejos fossem resguardados
Por teus sonhos fadados de harmonia,
Os mesmos que por mim foram sonhados.

Assim tua vivência com ternura
Tornou-me terno todo o sentimento,
Nesse sentir que em vida se procura,

E ao encantar-me em teu encantamento,
Minha vontade se tornou mais pura,
Mais puro o meu viver-te em pensamento.

# XVIII

Quero viver-te assim a cada passo,
Viverem-me teus passos, cada instante,
E fazermos da vida único laço,
Que enlace nosso coração amante

Quero sentir-te em mim, em cada abraço,
E acolher, nesse abraço, amor constante,
E fazendo por ti mais do que faço,
Em mim farás que o teu amor me encante.

Completando-me, pois, tua ternura,
A forma de viver será mais pura,
Mais puro o modo de te compreender.

Então entenderei esta verdade:
Que o meu amor procura a eternidade
Do teu eterno amor para viver.

# XIX

O que seremos nós nessa infinita
Vontade de se ver para se amar?
A busca eterna à comoção restrita,
Forma de vida para o amor sonhar?

Sorrindo em sonhos teu viver palpita,
Palpita em meu viver para te dar
A alma que eu trago e que procura aflita
Sentir-me, apenas teu, no teu olhar.

Passos de tempo que se vão dispersos,
Vivendo tua imagem nos meus versos
E minha imagem nos carinhos teus,

Vamos colhendo assim, num mesmo rito,
Os sonhos dos mistérios do infinito,
Ambos sentindo, no infinito, Deus!

## XX

Um dia o tempo mudará seu passo
E o mar dos sonhos colherá seus remos,
E o alegre caminhar será escasso
E escassa toda a mágoa que teremos.

O destino fará um novo traço
Nas distâncias, singrando outros extremos,
Desatará da nossa vida o laço
A memória dos dias que vivemos.

No pranto, compreendendo as nossas dores,
Irei, em meu silêncio, aonde fores,
Irás, em teu silêncio, aonde eu for,

E encantados, no enlevo da saudade,
Serás, em meu amor, eternidade,
Serei eternidade, em teu amor.

# O Recolher dos Motivos

Vivemos entre enigmas e
continuidades...

Recolhem-se motivos para
lembranças;

Enfeixam-se amores para saudades;

Sonham-se verdades para razões;

Constroem-se mensagens para
resignações;

Ama-se a vida para o tempo...

## O Findar dos Prazos

Vivas lembranças a colher momentos
Dessas saudades de ilusões tardias,
Morrer de tardes pelas penedias,
Recados de longínquos pensamentos.

Cansaços de encontrar, nas sombras frias,
O recolher plausível dos tormentos,
Memórias a fruir encantamentos,
No entardecer de tantas fantasias.

Ao chegarem os últimos ocasos,
Nesses silêncios a findar de prazos,
Quem sabe o tempo, em seu viver absorto,

Olhando a vida, em solidões, pressinta:
Talvez a chama de uma glória extinta,
Talvez a glória de um sonhar que é morto!

## Por Razões em que Sou

Entardeço em memória... vivo ainda:
Sou a ilusão em busca de caminho.
Há uma ansiedade de saber-me, infinda,
O que acontece ao me fazer sozinho?

Quem me fala em me ser que me prescinda
Pouco da angústia a desmentir carinho,
Fuga de tempo antecipando a vinda
Do ser em que, em reservas, me adivinho.

Desencontros, sonhando encruzilhadas,
Velam as ilusões abandonadas
Por silêncios proibidos de viver...

Sabor de pranto em olhos sem memória,
Revisando-me em vida transitória
Por razões em que sou, sem me saber.

# O Contraste dos Conflitos

Ponto por ponto, corações aflitos,
Lágrimas puras de cadência morta,
A tristeza das mágoas que os conforta
Tem o contraste amargo dos conflitos.

Cala-se o tempo na fechada porta
De eternos passos de impensados ritos,
Ferem-se anseios de turbados mitos,
Desfazendo o mistério que os comporta.

Lavram silêncios ansiedades puras
Das tentações de angelicais figuras,
Cristalizadas em broquéis de luz.

O orvalho do sofrer, em dor, ensalma
O suplício do tempo ardendo na alma,
A renúncia do amor, chagada em cruz.

# RESIGNAÇÃO

Pranto vão, a cismar, passos na areia,
Resignada visão de ser caminho,
Angústia interna que o perder se enleia
Em fugas d'alma a repensar sozinho.

Busca de estar na mágoa que receia
Fingir significados de carinho
Para emocões de coincidência, alheia
A atalhos do viver, em desalinho.

Vigília de um querer cujo processo
Traz a vida, em silêncios de regresso,
Por horizontes que se vão, a esmo,

A encontrar, em distâncias de chegada,
O ser que fez das ilusões do nada,
As ilusões do nada de si mesmo.

# A Última Canção

Silêncios do pensar feito cantiga,
Traçados de emoção feito memória,
Alma aberta em boêmia trajetória,
Vivendo fatos que a distância abriga.

Amores e razões compondo a história
De um romance vivido à moda antiga,
Quando a vigília do sofrer se liga
Ao encanto de uma lágrima ilusória.

Sombras da vida a refazer caminhos,
No boêmio vagar dos que sozinhos
Tecem silêncios sobre a solidão,

E fazem de sua própria madrugada
O segredo da última balada
E a saudade da última canção.

# Recado

Nos dias que se vão, desde que tens partido,
Aos poucos, construí uma obra projetada:
É um barco de papel, banal, desguarnecido,
Sem velas para inflar, sem mastros e sem nada.

Não sei bem se o que ouvi já tem acontecido,
Contaram-me, uma vez, uma história engraçada:
Que sempre chega ao fim, que se tem pretendido,
O barco de papel lançado na enxurrada.

Por isso, quando aqui chover, na minha rua,
Soltarei este barco e ele irá até a tua
Terra passando, por cidades e cidades.

Quando chegar aí, pega-o, sem receio,
Embora arrebentado, ainda, estará cheio
De lembranças, de amor, de beijos, de saudades!

## A Chama

Amarga chama extinta da candeia,
Sem proteção do sonho de regresso,
Pálida forma que na dor se alheia
Para moldar-se num cismar opresso.

Chaga de luz que, em solidão, anseia
Magoar o afeto que se torna opresso
Na alma, que em dor, em seu silêncio, enleia
A ilusão retomada em seu processo.

Sombra de tempo em progressão de vida,
Alma calada de amargura havida
No mistério sofrido do entender.

Calada angústia, reflexão de pranto,
Chama perdida de um falido encanto,
Desencantando a mágoa do sofrer.

# Regresso-me

Quem me conversa ausente da lareira,
Pesando a vida numa incauta hora,
Remorso que me vem do que não queira,
Em razão de ficar por ir embora.

Amarga chama que se fez primeira
Da ilusão de passagens que me exora,
Soluço amargo que me vem à beira
Do silêncio, que o ensejo faz outrora.

Transmudo-me no tempo e me procuro
Na imagem da aventura, em seu apuro,
Nas voltas que compõem o estar além.

Regresso-me à sombra que dispersa
O pouco do lembrar, numa conversa,
O muito que me faz ausente alguém.

# Cenários do Inconsciente

Trechos de vida em vaga simetria,
Difíceis formas de um sonhar ausente,
Incertezas que o espírito avalia,
Transposições falíveis que pressente.

Na qualidade exposta em fantasia,
Exprime-se a função do inconsciente,
Pelas presenças que a ilusão recria,
Tornando exato aquilo que consente.

Caleidoscópio, num viver reverso,
Vibra unidades de seu universo,
Ante a visão do tempo, em tal medida

Que, no sistema de sentidos vários,
O inconsciente cria seus cenários,
Recompondo a metáfora da vida.

## Silêncios do Querer

Silêncios do querer, volúpia antiga
Dessas passagens que o entender completa,
Numa forma de estar que o tempo abriga,
Numa forma de ser que se interpreta.

Motivos de saber o que se diga,
Quando a vontade não é ser poeta,
Mas colher o prazer da boca amiga,
Numa paixão de amar, quase indiscreta.

Buscar, nas entrelinhas dos caminhos,
Uma vida esquecida entre carinhos,
Um motivo de sonhos para dois,

Pretensa solução que a vida aposta
No muito que se quis, quase resposta,
Que o destino deixou para depois.

# Mundo Antigo

É tão claro o escutar da voz que havia
Tomado em sua ausência outro aparato,
Chamava a infância, com sensível tato,
Ao dever compensado em cada dia.

A saudade, ainda, guarda em seu relato
As cirandas que o tempo distancia
E o acaso conservou sua melodia,
Que o afeto preservou em seu contato.

Seus sonhos a memória, ainda, respira,
Na inata forma que a emoção inspira,
Em ser real o fato manifesto,

Em ser presença, a ausência desmentida,
Que traz de novo à infância a antiga vida,
Que regressa o passado em cada gesto.

## CARISMAS PUROS

Carismas puros a sonhar carinhos,
Nas evidências que o prazer compraz,
Viver de mundos aos que vão sozinhos,
Nessa inquietude de uma interna paz.

Vivências longas a fazer caminhos
Para as certezas que a amizade traz
Às afeições a embalsamar espinhos,
Quebrados laços da ilusão fugaz.

Tramas de beijos a encantar baladas,
Na sedução das bocas desejadas,
Na violação de um íntimo querer.

Colher de mágoas num olhar ferido
Por incertezas de um viver sofrido,
Pela saudade que atormenta o ser.

# Sensações

Sensíveis sensações de almas doridas
Traindo fugas em paixões fatais,
Emboscadas de adeuses em partida,
Dor de silêncios por amar demais.

Carícias de emoções singrando vidas,
Ardências de motivos sensuais,
Beijos pulsando, em almas divididas,
Cansaços de caminhos desiguais.

Acasos decifrando caminhadas,
Na insônia encantadora das baladas,
No improviso das fugas da ilusão,

Trazendo das distâncias do passado
Mágoas alheias de um sonhar calado,
Nesses calados sonhos que se vão.

## A Cidadezinha

Faz tanto tempo, que nem sei ao certo,
Que deixei a cidade pequenina,
Botão de rosa, preso a uma colina,
O mundo ao longe, mas o céu tão perto.

Nas manhãs puras, era uma menina
Colhendo beijos pelo campo aberto,
Pondo ilusões de amor, no tempo incerto,
Olhos cheios de cromos de neblina.

Seus dias calmos de um viver risonho
Tinham risos de luz, cravos de sonho,
Gorjeios de sorrisos de bondade.

Guardei-a, comovido, na lembrança,
Como gota de orvalho, ainda criança,
Brincando na emoção de uma saudade.

# Passo por Passo

Alma por alma, num sentir que deve
Colher denúncias de um viver sofrido,
Faz que a esperança torne a dor mais leve,
Mais doce o encanto que se tem perdido.

Passo por passo, em sentimento breve,
Que busca anseios pelo bem sentido,
Torna mais vivo o que a razão descreve
Para o carisma de um pensar vivido.

Forma de buscas num querer mais raro,
Ciente plano que se torna amparo
Das controvérsias que a existência tem;

E o ser que, em vida, o próprio sonho inflama,
Traz a vivência o renascer da chama,
A chama eterna de um eterno bem.

# Saudade

Saudade é esse cansaço de ternura
Que afaga desencontros informais,
Carícia de tristeza, que se atura,
De um tempo que passou e não vem mais.

Ferida, que se pensa que tem cura,
De alguém por quem se teve amor demais,
Vigília da ilusão que ainda procura
Atalhos de destinos desiguais.

Angústia, que nos vem sem dar aviso,
Na fuga disfarçada de um sorriso,
Velando o pranto que a emoção retém.

Seresta na memória de um caminho,
Na mágoa de abraçar, ao estar sozinho,
Uma outra sombra – um mundo sem ninguém –.

# RELEMBRANÇA

Um dia a história veio, sem motivo,
No desmotivo de querer-se alguém,
Romance do passado, ainda vivo,
Lembrança antiga que a emoção retém.

Amor sincero que se fez esquivo,
Nos atropelos que essa vida tem,
E o coração tornou-se sensitivo,
Com tanta coisa que viveu também.

Relembro-a, ainda, mas sem ter receio
De que nem lembre aquele amor que veio
Tecer, em sonhos, nossa antiga idade...

Valeu o encontro que se fez notícia,
Valeu o beijo que se fez carícia,
Valeu a vida que se fez saudade!

# HAVERÁ

Haverá o silêncio sobre a chama,
A cativar a solidão da vida,
Motivos de sofrer de quem reclama,
Busca de espera que se faz partida.

Haverá a saudade de quem chama,
Voz entre sonhos de ilusão perdida,
Carícia de esperar, sofrido drama
De uma antiga lembrança comovida.

Haverá o calar sem mais resposta,
Que o tempo não apagou, de quem se gosta,
E por gostar demais se fez caminho...

E traz a mesma história complicada,
Do muito que se quis e não ter nada,
Do nada de ficar, ainda, sozinho.

# Revivências

Chegam lembranças de ilusões perdidas,
Buscas de passos que se vão dispersos,
Por tantas mágoas soluçando vidas,
Por tantas vidas se encantando em versos.

Silêncios de memórias esquecidas
Retornam por caminhos mais diversos,
Cerzindo, em dor, adeuses de partidas,
Em olhos cismadores de universos.

Há cansaços ferindo caminhadas,
Gestos interrogando encruzilhadas,
Nos atalhos difíceis do viver.

Há ocasos de esperar sofrendo tanto,
Desencontros de amor moldando o pranto
Em corações cansados de esquecer.

## Ser no Exílio do Sonho

Profundo é estar-se além, saber-se vida,
Em cada gesto feito – alguém presente
Fazer-se anseio numa só medida,
Para o universo estar em nossa mente.

Achar-se imensidão comprometida
Com o saber-se espaço em que se sente
A ausência emancipada da partida,
Interpretando a fala confidente.

Ser alguém no concílio das histórias,
Proclamando o segredo das memórias,
Que tantos fatos e visões contém.

Ser no exílio do sonho um ser contrito,
Que reflete as ciladas do infinito,
Na sedução dos páramos além.

## Nos Acasos do Tempo

Pontuo de alvoradas meu caminho,
Nos acasos do tempo me disperso,
Nas cirandas dos fatos me adivinho,
Sinto o infinito a desfazer-me em verso.

Sangram-me buscas de me achar sozinho
Em fugas de ilusão pelo universo:
Silêncios me alimentam de carinho,
Nos desafios de um viver diverso.

Pastoreio aventuras de viagem
Por angústias de atalhos que reagem
Às travessias da ilusão do ser.

Revejo-me em distâncias encantadas,
Que os passos são remorsos das calçadas
Das cirandas difíceis de esquecer.

## Sob a Luz da Candeia

Vaga luz a pender sobre o vazio
De um tempo, sem razões de acontecer,
Formas pungentes de íntimo atavio
Das negações de sonhos a doer.

Vaga luz de emoções presas, a fio,
Aos cansaços de amor de não se ter,
Beijos magoados pelo desvario
Do que se nega por não se querer.

Sensível luz do afeto da candeia
Que acaricia a solidão alheia,
Que afaga esses remorsos que se vão

Moldando, na alma, a angústia em seu processo,
Cativando silêncios de regresso
Às promessas feridas de ilusão.

## A Insônia do Porto

É impossível ficar num cais aberto,
Esperando rodar o tempo, à toa;
O longe que se vê está mais perto
Do infinito sonhado na pessoa.

Minha alma é o cais, ao contemplar, ao certo,
A volúpia do mastro sobre a proa.
Alguém se faz em mim, torna-me incerto,
Nessa partida que a ilusão magoa.

Em descasos de passos apressados,
Conduzo meus desígnios desatados
Da incerteza, quebrada em seu revés.

Sinto-me porto, amanhecendo velas,
Acordando as antigas caravelas,
Desafiando as ciladas das marés.

## Motivos por Viver

Motivos por viver em sentimento,
Histórias complicadas por querer,
Desafios de amor, em juramento,
Conseguem nossos sonhos compreender.

Remessas de ilusões vêm, a contento,
Somar as ansiedades do viver;
Se as buscas são insídias de momento,
Os fatos relevâncias do prazer.

Tramamos entrelinhas de lembranças,
Nas lendas, em que a vida faz mudanças,
No muito, que a emoção nos quis guardar

De anseios que nos dão um outro tino
Aos rumos complicados do destino,
Ao infinito perdido em nosso olhar.

## Vivências d'Alma

Vivências da alma, em comoções perdidas,
Ternos carinhos de um viver comum,
Tecendo enlevos a ancorar partidas,
Portos de sonhos... corações só um.

Planos possíveis de impensadas idas
Para incertezas de motivo algum,
Quebras de quilhas, rotas invertidas,
Rumos incertos a lugar nenhum.

Vivências da alma a repensar carinhos
Para as tristezas dos que vão sozinhos,
Para as distâncias que a ilusão conduz,

Tecendo mágoas, ao sabor do encanto,
Nessas saudades em que o amor é pranto,
Nesses silêncios em que o amor é luz.

## Chegar de Solidões

Chegar de solidões tramando anseios,
Vontade de sonhar e de viver,
Ter os olhos de lágrimas tão cheios,
Que não dá nem vontade de esquecer.

Quebrar as emoções, sentir receios
De em amores profundos se perder,
Desespero de ter beijos alheios,
Que só um outro destino os pode ter.

Sentir, nos desencontros de caminhos,
Que o sonho não é feito de saudade,
Que a vida não são notas de canção,

Porque o silêncio, a nos deixar sozinhos,
Lembra que o sonho acolhe a eternidade
Na lágrima ferida de ilusão.

## SONETO DA INQUIETUDE

Afaga meu viver nos teus carinhos,
De modo que te possa compreender;
Se acasos nos fizeram dois caminhos
Que eu possa, em algum deles, te querer.

Difícil caminharem dois sozinhos,
Sem nunca se encontrarem para ver
Que a vida, às vezes, forma descaminhos
Que a dor, em seus segredos, quis tecer.

Compreende esse meu modo bem sincero
Do muito me insistir, porque te quero,
Do pouco me entenderes como sou.

A vida é um compromisso de saudade
Que o sonho, um dia, fez com a eternidade,
Na história de um alguém que tanto amou.

## Motivo de Natal

Os sinos doem-me na alma... quem me chora
É o menino escondido em seu presente,
A dor o atende, por querer-me outrora,
Ilusão que se esvai tão de repente.

A angústia de lembrar me rememora,
No silêncio afetivo que me sente;
O ontem sofre em mim em ser-me, agora,
Pensativo querer num tempo ausente.

Comoção de viver em descaminho,
Estranha sensação de estar sozinho,
Emoção que me acolhe em seu critério...

Dói-me viver a imagem que reponho,
Nessa volta que a vida explica, em sonho,
Ao tempo recolhido em seu mistério.

## O Solitário Encanto

Guarda no olhar o solitário encanto
Da alma que, em sonhos, se encontrou perdida,
E cada sonho se encantou em pranto,
E, nesse pranto, se encantou a vida.

Triste lembrança de quem sabe tanto
O que e saudade, em solidão sofrida,
Moldando o anseio de fazer-se canto
Do adeus sensível de infeliz partida.

Eflúvio afável que embalsama a graça
Do êxtase puro de um lembrar que enlaça
As incertezas, seduzindo em dor

Mágoas de ausências, que a distância ensalma,
Quando os silêncios se fizeram alma,
Quando a ventura se iludiu de amor.

# Doer

Doer não é razão, ressentimento,
É busca preterida em desconversa,
É o sábio estar na incompreensão diversa
À chegada do tempo, em sentimento.

É saudade que, em prazos, se dispersa,
Em não quebrar antigo encantamento,
Quando a vida se faz pressentimento
De uma paixão, em íntima conversa.

Doer é essa vigília de ir sozinho,
Na angústia da alma, em fugas de caminho,
Nos desafios de um buscar diverso...

É ter, no olhar, cansaços de infinito,
Ao ter pautado solidões, em rito,
Pulsando encruzilhadas de universo!

# O Elaborado Artifício

No jogo dos acasos, nos sortilégios dos caminhos, o desenrolar dos fatos faz o coração compulsar o elaborado artifício das contradições, o enigma das incertezas e a compensação dos afetos.

## DAS COISAS RAZOÁVEIS

Vida, que passa sem tempo,
Porque o tempo é de passar,
Já não passa o sentimento
E a razão de se pensar.

Tempo, que leva o momento,
Não o leva devagar,
Mais vale viver atento
Que desatento sonhar.

Amor, que busca aventuras
Para a vida compensar,
Há um silêncio em compromisso,
Há um ninguém sem perguntar.

Destino, que ajeita o passo
Do que se busca a se achar.
Mal sabe rever caminhos,
Para os longes caminhar.

Sorriso, que encontra o pranto
Despedindo-se do olhar,
Disfarça a dor da partida,
Pois, viver é disfarçar.

Sonho, que busca horizontes
Para distâncias roubar,
Encontra a ilusão calada,
Porque se iludir é sonhar.

## O Recolher dos Motivos

Mágoa calada em renúncia,
Dor recolhida em quebranto:
Esquiva forma de vida,
Esquivo saber-se quando.

Caminho em fazer-se alma,
Distante em ausente cansaço:
Vazia forma sem chama,
Vazio temor sem passos.

Palavra presa em silêncio,
Marcha-batida, em revolta:
Longa estrada sem roteiro,
Longo caminho sem volta.

Ruas compensam vivências,
Em portas abandonadas:
Pelas ausências difíceis,
Pelas demoras cansadas.

Passos repassam motivos
De segredos renegados:
Pelas conversas perdidas,
Pelos acordos deixados.

Paralelos de incertezas,
Senões de buscas contidas:
Tarda volta sem regresso,
Tardo esperar sem partida.

Distâncias contornam pressas
Do acontecer das chegadas:
Oculto pensar distante,
Oculto pó das estradas.

Desmotivadas renúncias
De formas interrogáveis:
Lavrado chão de perguntas,
Lavradas rotas mutáveis.

Caminhos de desobriga
Trazem pontos de receios,
Falha forma de pendências,
Falhos sentidos sem meios.

Gestos terminam presenças
Do acontecer dos momentos:
Lembrado sonho sem vida,
Lembrada espera sem tempo.

## A Mansarda

Havia o tempo guardado
Entre os livros escolhidos,
E a erudição do silêncio
Desmotivando os acasos.

Havia a pontualidade
Fixando o escolher das datas
De viagens acontecidas,
E solidão compensada.

Nem o querer se iludia
Com afeições e lembranças
Que a recompensa guardara
Pelo muito de se ter.

Nem os quadros questionavam
O espelho, que refletia
O ser ausente da vida,
Artifício de passagem.

Apenas, o estar consciente
Da emoção que se vigia,
Do pensar que se angustia,
Do partir que não se ausenta.

## Dos Acasos

Busco-me detalhes íntimos
Do esquecer-me em referências,
Difíceis de concluir-me
Onde me posso saber.

Aceito os passos que chegam
Em memórias de caminho
– Partilhas do meu sentir
Com o amar de tantos receios.

Tematizo-me em freqüências
Pelos espaços sem nome,
Em que o estar por memória
São ilusões de chegada.

Sofro a consciência dos fatos
No desencontro dos sonhos,
Revezo-me com meu destino
Nas tramas do acontecer.

Escrevo-me em pergaminhos,
Nos regressos ao passado,
Quando o pensar me recolhe
As permutas das lembranças.

Guardo ciladas de sonhos
Para roubar meu sofrer,
Sou peregrino do tempo
Nos acasos das distâncias.

# Relutâncias

Eu venho dos meus acasos,
Dos meus sentidos sem tempo,
Em que o acontecer grava enredos
No muito chegar por mim.

Abraço inconformidades
Dos ventos sem seus avisos,
Que assumem as encruzilhadas
Das solidões sem regresso.

Pontuo falas de espinhos
Nas denúncias sem perguntas,
No calar de intimidades
Do espírito sabendo-se dor.

Importo diálogos do tempo,
Nas escalas das surpresas,
Em que o som dos cataventos
Quebra o eco das distâncias.

Sinto o tormento dos abismos
Nesse alguém oposto ao nada:
Angústia do muito querer,
Na certeza do impossível.

Conduzo friezas de alma
Pelos atalhos reversos,
Em que me saber renúncia
É traduzir-me em silêncio.

## Da Desmedida Hora

Cansada hora tardia
Que demarca o que acontece,
Desmotivado vazio
De não ter o que se deve.

Inútil marca do tempo,
Adágio de controvérsias,
Permanência que se ausenta
De um tempo que nos prescreve.

Adiado chegar do sempre
Em que, a demora desfaz
O instante, que notifica
O ser, num ausente estar.

Intransigente contexto
Que afeta o incerto caminho
De incompensável propósito,
De impossível acontecido.

Diagrama invencionado
Da conjuntura do espaço,
Mede-se o existir do plano
No seu desmedido passo.

# A Música Íntima

Quem me faz em som de estrada
Nas vozes desconhecidas
Dos ecos dos cataventos,
Sem aparências de fatos?

Quem me traz, nos sons do tempo,
O elaborado artifício
Da sinfonia de acasos
Nas pautas do acontecer?

Quem me advoga compassos
Para o ritmo dos sonhos,
Quando me faço horizonte
Na distância dos caminhos?

Quem me traz o eco das sombras
No sofisma dos abismos,
Acalentando renúncias
De impensadas solidões?

Quem me acorrenta em acordes
De serenatas sem tempo,
Em que a pressa dos desejos
Conflita o boêmio querer?

Quem me tange na harmonta
Dos infinitos inquietos,
Em que aconteço por nada
Por ser alguém sem perguntas?

## Desencantos

Onde tardas teus anseios
Nas madrugadas providas
Das serestas sem calçadas
E das janelas vazias?

Onde gravas compromissos
Nas memórias sem raízes,
Em que as passagens do tempo
Trouxeram magoas demais?

Onde deixas desencantos,
Guardando ressentimentos
Do muito estar sem notícia,
Do muito esperar por nada?

Onde estão teus desafios
Pelas paixões de regresso,
Em que amar era mais triste
Que a verdade da renúncia?

Por que buscas vida alheia
Em teu viver positivo,
Acariciando amarguras
Do antigo deixado agora?

Por que vives tardo anseio
Em saber por onde vêm
A dor do chegado ausente
E a aflição do tempo inútil?

## A Orgia dos Cataventos

Catavento gira o vento
Da inconstância dos acasos,
Dos sentidos conseqüentes
Por essa orgia de fatos.

Os dias voam nos ventos
Pelas horas passageiras,
Questionando suas demoras
Nessa pressa de chegadas.

O tempo reduz andanças
Na ânsia do acontecer,
Por esse girar de mundos,
Por esse estar em partilhas.

Contrapartida de anseios
Gira casos impossíveis,
Contra-espera de ansiedades,
Vogar de contrários mundos.

Catavento gira o tempo,
Leva a mágoa na incerteza,
Carrega os ventos da vida,
Sem desfazer seus mistérios.

Desafios de distâncias
Somam anos aos destinos,
Girando mundos de sonhos
Na memória dos caminhos.

## O Ser na Noite Acolhida

Modulas o som do tempo
Na noite acolhida e atenta,
Tramando o chegar da vida
À boêmia caminhada.

O teu andar não termina
Nas calçadas desatentas,
Pois, teus passos te atormentam
Onde o encontrar te adivinha.

Revelas-te um ser presente
Nos sofismas dos agoras,
E aconteces teus silêncios
Nos desencontros dos fatos.

O tempo compassa a vida,
Entre esperas e chegadas,
O acontecido decifra
Expectativas de acasos.

Os motivos revisados
Dos sentimentos propostos
Silenciam desencontros
Das horas desmotivadas.

Tua consciência antecede
O teu existir no tempo,
És o motivo e a pergunta
De uma resposta esperada.

## Questões Íntimas

Onde fica teu silêncio
Guardado no teu motivo,
Interrogando os teus gestos
Que recolhem teus caminhos?

Onde tardas teus anseios
Na pressa das travessias,
Em que remar horizontes
É conquistar infinitos?

Onde colhes madrugadas
Para o teu pranto escolhido,
Em que lavrar aventuras
É acontecer por acaso?

Onde motivas distância
Para as chegadas do tempo,
Em que somar amanhãs
É revelar-se em memórias?

Onde escondes teus naufrágios
Em mares sem maresias,
Em que navegar cansaços
É ter portos sem adeuses?

Onde sofres teus roteiros
Na ilusão das atitudes,
Em que decifrar o destino
É descobrir-se em seu sonho?

Onde cirandas esquinas
Das infâncias sem regresso,
Em que o querer do tempo
É acompanhar desencontros?

Onde esperas quem te busca
Para sentir em tua vida
Esse querer por querer-te,
Esse saber por lembrar-te?

## As Chegadas Aparentes

Temo essa sombra calada
Que me projeta em silêncios,
Pouco de sonhos por muito,
Muito de vida por nada.

Resguarda a visão do tempo
Nas chegadas aparentes,
Em sortilégios de fatos
Por presumíveis ausências.

Transmuda o calor da espera
Na fria recepção do espaço,
Consecutivas distâncias
De passos desencontrados.

Alheia forma pendente,
Descompasso de matéria,
Avesso tomar de alma
De imperceptível tato.

Mudo ritmo de afago
De incertezas, desprovido,
Carícia de horas cansadas,
Compasso de sons perdidos.

## EXPOSITIVA ALTERNÂNCIA

Mais que a vida pelos termos
Dos sofismas revelados,
Em que o tempo ilude o nada
Pelas razões encontráveis.

Mais além desse mistério
Pelo entender a nós mesmos,
Ao compor o inconseiente
No decifrar dos motivos.

Mais que o tempo em simetria
No contorno dos espaços,
Saber-se terra em respostas
Às perguntas dos acasos.

Mais que a dor de estar ausente
Do prazer ao corpo oposto,
Simulação de desejo
Sabor de ilusão e mosto.

Mais que o parâmetro justo
Numa forma de se ver
Se os descasos descontáveis
São desencontros de ser.

Mais que a distância e o infinito,
Duelos do ser e do estar,
Expositiva alternância
De ir e vir, sem se negar.

# Sou...

Sou... mas me penso ter sido
O que me posso entender:
Alguém, em mim, concluído
Numa forma de me haver.

Evidência definida
Do que me possa encontrar:
Um visível complemento
Do achar-se em mim, por me estar.

Um sentir-me, todo em vida,
Inato, íntimo ser.
Aparência presumível
Do que possa parecer.

Expressão de relutância
De um pensar a concluir,
Reafirmado propósito
De me ver a me sentir.

Um usufruir-me completo
Na efusão de me querer,
Tão modo próprio formado,
Vivo sentido de ter.

Consciência posta ao tempo,
Em que me faço compor
Da intimidade da vida,
Relativa ao que me for.

Abrangência de segredo
A que estou em me saber,
Necessária relevância
Em me ser próprio e me crer.

Vivo tempo em meu espaço
Em que me possa encontrar,
Alguém proposto a mim mesmo
Num outro eu a me achar.

# O Poeta na Madrugada Boêmia

# 1

Ruas esparsas de esperanças mortas
Têm seus encontros, a subir ladeiras,
Sonham tristezas nas vielas tortas,
Ouvindo os sons das cordas seresteiras.

Que desespero nas fechadas portas
Guardando o tempo em sombras forasteiras;
Quantas paixões retidas nas comportas
Das angústias das lágrimas primeiras.

Que encruzilhadas para o andar incerto
Desses destinos, que se vêem tão perto
Da vida, complicada em descaminhos.

Ao ouvir segredos, prosseguir regressos,
Apenas os silêncios são confessos,
Para juntar-se aos que se vão sozinhos.

## 2

Ruas que me desenham seus espaços
Nas pretensas distâncias percorridas,
Silenciando o tempo dos cansaços
Na eterna busca para longas idas.

O andar, por tanto andar, formou meus laços,
Ligando anseios de emoções vividas,
Em que instantes de amar foram escassos,
Nessas calçadas de ilusões perdidas.

Os meus passos pesquisam as memórias
Dessas ruas que narram suas histórias
Às madrugadas boêmias da cidade.

Enlevado por elas me transponho
Ao seu passado e busco-me em seu sonho,
Ao seu presente e sou sua saudade.

3

Noites dos meus motivos solitários,
Do meu viver nas ruas pensativas,
Fazendo os irreais itinerários
Pela cidade de emoções furtivas.

Casas estranhas de segredos vários,
Cismando, nas procuras sensitivas,
As datas de esquecidos calendários,
Caladas em memórias fugitivas.

Quantos desejos dormem nas varandas,
Escondidos nos passos das cirandas,
Nessas voltas que a vida sempre dera,

E a insônta do passado ouvindo as horas,
Brincando com o tempo das demoras,
No silêncio escondido de outra era.

4

A noite, no mistério das procuras,
Traçava em meu caminho as madrugadas,
Vinham-me alegre a alma das baladas
E, no silêncio, as ilusões mais puras.

Passos deixavam versos nas calçadas,
Rimando afetos com antigas juras,
E as vibrações de grandes aventuras
Tinham mensagens de emoções passadas.

O remanso dos fatos recolhia
Essas lembranças que a saudade traz,
Quando a ausência de amor é nostalgia

E nada mais na vida satisfaz
Que a solidão da noite mais vazia,
Na boêmia existência de rapaz.

# 5

A noite procurava nos meus passos
O encontro das memórias recolhidas;
A seresta prendia-me em seus braços,
Distâncias se enfeitavam de partidas.

As horas partilhavam seus cansaços
Com retornos provindos de outras idas,
E as sombras revelavam nos seus traços
O boêmio caminhar de tantas vidas.

As ruas, pela noite, a percorrê-las,
Mostravam-me o carisma das estrelas,
Cismando o tempo que fugia a esmo.

Eu limitava em fatos a cidade,
E era maior o mundo que a saudade,
O mundo na saudade de mim mesmo.

# 6

Andava nos seus passos de alvorada
A noite fugitiva das lareiras;
Minha emoção deixava agasalhada
Toda a insônia das horas passageiras.

Improvisava a vida, na calçada,
O silêncio das sombras companheiras,
E a memória da última balada
Cismava, em mim, as notas derradeiras.

A solidão das coisas me abraçava
E o tempo a sua história me contava
E eu nunca conseguia compreender

Que ele era longo, como a eternidade,
E era tão breve a minha mocidade,
Tão intensa a vontade de viver.

# 7

Placidez das vielas solitárias,
Becos de inseparáveis compromissos,
Noites boêmias de prendados viços,
Motivos de saudades perdulárias.

Quietos postes, em clara luz, omissos,
Sentem em suas sombras refratárias
Resignação de andanças de horas várias,
Confiscando a magia dos feitiços.

Sombras marcando as solidões pacatas,
Aos sons de evocativas serenatas,
Ao vagar dos silêncios sem medida.

Encantos recolhidos na quietude,
Nesse abraçar-se à noite que se ilude
Com as boêmias fugas pela vida.

# 8

À noite, me tornava um peregrino,
A reviver as ilusões caladas,
E o silêncio das horas compassadas
Acordavam memórias do destino.

A vigília do tempo nas calçadas,
Sob o luar do espaço adamantino,
Dava-me à vida outro sonhar divino
E à alma, outras vivências encantadas.

Onde estariam outros meus andares,
Vividos em caminhos seculares,
Noutras cidades que bem longe estão?

Seriam noutros tempos, noutro rito,
Que eu caminhei, em passos de infinito,
A cidade encantada da ilusão?

# Dois Poemas Românticos da Década de 70

## Morena Cor da Saudade

Morena cor da saudade,
Vou contar-te uma verdade:
Não consigo te esquecer,
Sinto-te, a cada momento,
Não me sais do pensamento,
Pensar em ti é sofrer?

És assim como a lembrança
Das cirandas em criança,
Rodando até me envolver:
"Roseira, dá-me uma rosa",
Morena, dá-me a gostosa
Ventura de te viver.

És um pequeno universo,
Amanhecido num verso
De um simples samba-canção,
Rimando o beijo com a vida
E o adeus de cada partida
Com as mágoas do coração.

És a sensação estranha,
Que há dias já me acompanha
E eu nem sei dizer por que;
Estou eu apaixonado,
Ou estou alucinado
Por quem bem pouco me vê?

Sempre a dor da tua ausência
É que causa impaciência
E me dá visões de amor,
Como a chuva que não passa,
E se vê preso à vidraça
Um rostinho encantador.

O teu corpo é uma palavra,
Que a tua vida consagra,
Num ritual de ilusões,
Cada sílaba assinala
De cada nervo uma fala,
Que extasia corações.

Palavra mais que obra-prima,
Pois, ela apenas tem rima
Para silêncio e paixão:
Silêncio de quem te ama,
Paixão de quem só reclama
Conquistar teu coração.

Beijar a palavra-poema,
Nem que alucinado eu trema,
É o meu desejo, afinal;
Sentir teu corpo, em mormaços,
Ter-te, divina, em meus braços,
Nem que isto me faça mal.


Beijar bem devagarinho
Teu corpo todo, todinho,
Poro por poro a sentir
Que se abrem como rosas
Em suas veias sinuosas,
Florindo-te todo o porvir.


Teu corpo é uma sinfonia,
Morena, que queima o dia
No fogo do entardecer,
Depois, em chamas, acende
O eleito feliz que pretende
Contigo a noite viver.


Teu beijo traz todo o rito
Do soluço do infinito
Afogando uma paixão,
É gostoso como a vida
Numa lágrima escondida,
Despertando um coração.

Como todas as mulheres,
Teus segredos, se os disseres,
Que mal poderão fazer?
Mas desta paixão o enredo
Guarda contigo o segredo,
Vais-me um dia conhecer.


Chamar-te-ei com bondade:
Morena cor da saudade,
Que nunca pude sequer
Saber se em teu peito existe
Para este poeta triste
Um coração de mulher.


Como eu sou? Podes dizê-lo?
Acreditas já sabê-lo,
Mas podes bem te enganar,
Imaginas um poeta,
Libertino, doido ou esteta,
Querendo te conquistar.


Quem sou? Apenas, a vida
Numa lágrima escondida
Sobre um beijo e nada mais,
Sou formado de lembranças,
De frustradas esperanças,
De pedaços de natais.

Sou feito das madrugadas,
Do delírio das queimadas,
Do fascínio da paixão,
Do sonhar da mocidade,
Morena, cor da saudade,
Toma é teu meu coração.

Como todas as mulheres,
Tens os homens que quiseres,
Desde o rico ao sedutor,
Podes tê-los as dezenas,
Mas poeta é um só apenas,
Que deseja o teu amor.

## Se Eu Soubesse, assim Mesmo...

Neste instante, eu me encontro
    Sozinho, na vida, murmurando o seu nome,
E buscando em mim mesmo
Um passado que vive sua imagem querida,
    Essa imagem tão sua, retratada em saudades,
      Que eu guardei de lembrança
Para, em noites de insônia, eu lembrar ansioso,
    Esse alguém que ainda amo.
Quando acabo entendendo
    Que o brinquedo dos fatos iludiu a distância,
Fantasiou de esperanças
      Essas voltas sem voltas
        Que o destino complica.
Fantasiou de loucura esta louca vontade
    De revê-la outra vez.
Já cobrei do passado a ilusão prometida
    De ser fato verdade:
Sua boca em minha boca,
      O seu corpo em meu corpo,

Você mesma em mim mesmo.
Abro os braços à vida, mas você não me chega,
Só me vem a saudade...
E esta dor, que machuca
Os meus olhos quebrados no pranto da noite,
É vontade acordada num tempo passado
Que não chega outra vez.
Você é ainda a certeza, a possível certeza
De sonhar com o futuro que se esconde em você.
Sinto a angústia do homem,
Debruçado em si mesmo,
Na ironia da sorte de quem amou tanto
E aceitou a renúncia
Desse alguém que partiu na quebrada da vida
E deixou um adeus.
Se eu soubesse que isto seria a resposta
Do destino a mim mesmo,
Se eu soubesse,
Assim mesmo
Amaria você!


Se eu ainda soubesse que o fugir do passado
É ilusão dos sentidos,
E quem foge, não foge,
É uma fuga sem tempo
E o fugir é regresso
Às lembranças trazidas pelas mãos da saudade,
Pois, o tempo não tem nem distância ou memória,

É um lapso na forma
De voltar ao que passa,
De querer o que foge
De sentir-se o que vive,
De ficar recordando o que foi,
Mas ficou em retalhos, perdido,
Como um porto vazio sem barcos nem velas,
Sem adeus, nem regresso.
Se eu soubesse que a noite de insônia seria tão dura,
E o silêncio sofrido no espanto da ausência
Lembraria outras noites,
Em que juntos brincávamos, a sós, com o silêncio
E o coração palpitava,
Entre o amor e a paixão, a sedução e o momento,
E sabíamos ser o sonho da noite no sonho da vida;
E abraçados sentíamos o pulsar da existência,
Sem as chagas de agora,
Que dilaceram meu gosto
De um gostar muito próprio,
De gostar de lembrar:
Nossos corpos, num todo, gemendo carícias,
Chagados de beijos,
E o silêncio assustado, não ouvindo palavras,
Se calava também.
Se eu soubesse,
Assim mesmo
Amaria você.

Se eu pudesse prever que haveria a saudade
Entre nós, algum dia,
Esta regra do tempo que endoidece o destino
De quem quer esquecer;
Esta ausência de posse do que já se teve
E não se pode ter mais;
Esta dura ansiedade de sorrir a si mesmo
Para o pranto iludir;
Este caso inventado em que o destino acredita
Que se perde, mas acha;
Esta busca vazia de encontrar, outra vez,
O que o tempo levou;
Esta brasa velada por cinzas de ausências
Que se tenta apagar;
Esta dor que angustia e que se chama saudade,
Que nos vela a amargura das noites vazias,
Que serena de afagos o caminho sozinho.
Se eu soubesse que, um dia, nosso beijo teria
Essa estranha magia
De uma boca que esculpe
Noutra boca que ama
A escultura de um sonho:
Primavera-ilusão da chegada do encanto,
Encantado de amor,
Que o destino tão louco, numa loucura-capricho,
Por querer nos quebrou...
Se eu soubesse,
Assim mesmo
Amaria você!

Se eu soubesse que a voz do passado, na sala vazia,
É um calar de seresta, perdido na angústia
De quem muito amou...
E o silêncio que ilude o sentido das coisas
Traz a imagem querida
De quem foi um sorriso sagrando promessas
Que o destino quebrou;
De quem já foi vida, na vida escondida,
Nas tramas do amor.
Esta voz o seu nome repete, na noite vazia,
O seu nome soluço
Beijado por mágoas
De quem muito amou,
Que a voz do passado, na ironia dos fatos,
Me manda esquecer,
E, na sala vazia, é mais dura a lembrança
E a dor é mais funda,
E o passado soluça comigo, lembrando você.
Se eu soubesse,
Assim mesmo
Amaria você!


Se eu soubesse que, hoje,
Eu me quebro em perguntas
E me iludo em respostas,
Para achar, na lembrança, o recado de um sonho,
Que o passado esqueceu,
Para ver se a encontro, na ciranda do tempo,

Perguntando por mim,
Pois, no jogo do tempo, sou o azar de uma aposta,
Que você acertou.
Como é duro saber que fiquei esquecido,
Sem poder esquecê-la;
Como é difícil entender que o amor para dois
É saudade para um;
Como é duro sentir que o que se quer esquecido,
Não se pode esquecer;
Como pode uma vida querer tanto outra vida,
Que não pode ser sua;
Como pode você ser maior que a saudade
Que o passado me trouxe;
Como pode você ser assim como é,
Sem ser eu sem você?
Se eu soubesse,
Assim mesmo
Amaria você!

| | |
|---:|:---|
| *Título* | *Lembranças de Esquecer* |
| *Autor* | Camilo Guimarães |
| *Produção* | Ateliê Editorial |
| *Projeto Gráfico* | Plinio Martins Filho |
| *Edifição de imagens* | Tomás B. Martins |
| *Ilustrações* | Moa Simplício |
| *Capa* | Silvana Biral e Plinio Martins Filho |
| *Composição* | LAUDA – Composição e Artes Gráficas |
| *Revisão de Provas* | Plinio Martins Filho e Gustavo B. Martins |
| *Formato* | 12 x 18 cm |
| *Mancha* | 9 x 15 cm |
| *Tipologia* | Times New Roman |
| *Papel de Miolo* | Pólen Bold 90 g/m² |
| *Papel de Capa* | Cartão Supremo S 6 |
| *Número de Páginas* | 166 |
| *Tiragem* | 1.500 |
| *Fotolito* | LAUDA – Composição e Artes Gráficas |
| *Impressão* | Bartira Gráfica e Editora Ltda. |